更好
Oct — Dec
的一年

作者 — Luck yLuLu

安安靜靜地愛一個人，
幸福的時候很安靜，傷心的時候也很安靜

我喜歡心情愉快的日子，有時候也喜歡愁眉苦臉的日子

累了就休息一下、害怕就躲起來一下，
給自己轉圜的空間和放棄是兩回事

看不清前方的路，就走好此刻腳下的每一步

如果你已經做出選擇，那麼就別總是望著沒選擇的那些

你知道勇敢很好，你也應該知道，不勇敢是沒關係的

有時候很努力了，成果還是會使你灰心。
可是那些努力，總會在未來的某一天，變成突如其來的驚喜

愛一個人應該感到快樂，而不是痛苦

把想念、把喜歡、把不捨，都變成文字，心情就能夠平靜下來

平凡的一天也好，精彩的一天也好，
活著的每一天都是個好日子

愛是一件自由的事，含苞或綻放也都是自由的事

正因為那些去冒險的日子，生活才越來越精彩、越來越寬廣

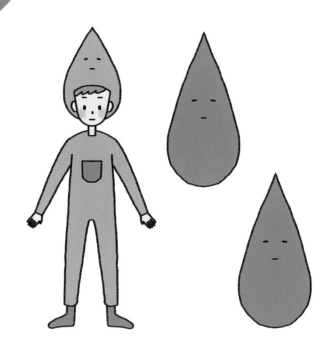

每一次困境到來的時候，都有希望藏在裡頭

since 2015

有時候我覺得愛是不要思考，盡量去感受

累積在過往的遺憾，是妳未來更無畏的原因

每日練習：在生活中只留下喜歡的、有意義的、有用處的東西

困擾你很久的事情，往往都會在某個平凡的瞬間忽然解開了

不要想著做到人人都滿意，
因為當你自己感到滿意的時候，別人的看法已經不再重要

把希望寄託在別人身上，是一件令人絕望的事情

碰到挫折還是捨不得放棄的，就是熱情

自己做出選擇的話，碰到困難時會更願意面對

留些時間給自己，獨處、思考、傾聽自己的內心

低潮期的時候好好休息，往上爬的時候才有力氣

大家都是一邊嘗試一邊學習的，
在經歷挫折與成就的過程中，逐漸變熟練的

越是強烈地想要佔有、越容易失去

當你太過在乎一個人，
就是將自己暴露在一個容易受傷的環境中

為自己安排休息的日子，
不管是身體還是心靈都需要定時充電

找到屬於自己的紓壓方式，他會陪著你渡過很多很多

每天都認真生活，不是為了被誰認同，
而是因為我喜歡自己認真生活的樣子

不要因為沒人陪就放棄嘗試新的事情，
還有好多驚喜在等著你

不好的時候，就別假裝自己一切都好

人生是許多的高山和深谷,和沿途美麗的、一期一會的風景

寂寞帶來的不只是傷心、還有很多認識自己的機會

遠離喜歡抱怨的人、遠離喜歡說人閒話的人

不是因為確定了哪一條路是正確的才做出了選擇，
而是選擇了之後，把路走成了答案

此刻看不見的原因、理由,未來也會出現的

擁有一顆柔軟的心，遇到艱難的事情，也柔軟面對

遇到價值觀不同的人，也給予最基本的尊重

把簡單的事情做好的話，困難的事情也能夠做好

每天都只要比昨天進步一點點，就很好

在最好的年紀，去冒險、去體驗、去看看不同的世界

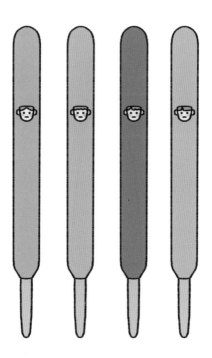

能在簡單的事情裡找到快樂，是一件很幸福的事

試著去理解自己心裡的想法，感受到的心情，
為這個心情找到一個名字

做善良的事、有溫柔的想法,即使沒有人看見,
自己也會感到心滿意足

普通的事，會因為身邊的人很特別，而變得特別

沒有特別優秀也沒關係，因為你一直都很努力，
努力本身就是一件優秀的事

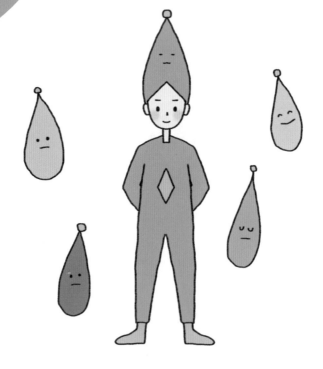

不再執著於那些惱人的人事物，是對自己最溫柔的寬容

不知道自己的未來該怎麼走也好、已經有了明確的目標也好，
好好享受當下、享受自由才是此刻最重要的事

擔心的事情，如果真的發生了，也一定會有過去的一天的

不為自己的失誤找藉口，不花時間抱怨不值得的人

不管是好日子、壞日子，相處的日子，每一天都很珍惜

不擅長問候，可以用自己的方式關心在乎的人

我想要越來越容易感到幸福

努力不一定會成功，可是努力可以讓人不留遺憾

妳還是像以前一樣熱愛生活、追求夢想、無所畏懼嗎？

在自己選擇的生活方式裡，認命認真地活著

每個人都有療癒自己的方式,
每個人都是一邊療傷一邊成長的

原諒自己不勇敢的時候、想逃走的時候，
只有接受了這些不堪，才能重新綻放

不要害怕結果不如預期就不開始,即使沒有成果,
走過的路都會成為你的經歷、你的成長

你珍惜著時間，時間就會善待你的努力

有時候感受，有時候思考。做一個能夠接住自己的人

你要愛著自己，感到受傷的時候，更要愛著自己

認真面對此刻眼前的一切吧!
無論你滿不滿意現狀,都不要敷衍著生活

生活有很多想要轉身逃跑的時候，
但更多的是願意挺身面對的時候

事情不如想像中的順利，這是再普通不過的事了

別讓成長帶走你相信幸福的能力

難過的事情，總有一天會變成過去的事情

所有選擇都伴隨著失去與獲得，
所有幸福都是透過一些勇氣和一些犧牲才到來的

頻率不同的人，就別勉強相處

讓喜歡的事變成支撐著你的力量，而不是壓在你心上的壓力

做一個有原則的人，才不會在選擇善良的時候迷失自己

無論是什麼,你喜歡的事、你的熱情所在,
一定會讓你閃閃發光的

慢慢的、好好的把一件事情做好，再去處理下一件事

所有離別都讓你向前邁進了一步

言語無法表達的，
就換成擁抱、換成眼神、換成流露愛意的一舉一動

今天有為了自己的理想努力、為了信念行動嗎？

培養一些好的習慣，例如睡前準備好隔天要穿的衣服，
這些小事情會漸漸帶給你自信

每日練習：不是壓抑自己，而是透過轉換思考去排除負面情緒

有些人光是存在就帶給我很大的力量

自己決定未來的方向吧，不是多數人選擇的、也不是別人希望你選擇的，
而是那一條你認為自己不走會成為遺憾的路

也許現實會逐漸磨去你的稜角，
但是記住，你只是變得用更溫柔的方式去追求夢想

許多事情都是做了之後才發現並不難，
不要因為害怕嘗試而放棄冒險

珍惜相處的日子，因為每一個回憶都只能體驗一次

你的好不會因為一些小小的瑕疵就消失，讓自己閃閃發亮吧！

練習表達感謝，溫柔能夠傳遞、善良也是

幸福對我來說是一種，令人感到不安、卻又欲罷不能的心情

你會再一次感到快樂的

所有偉大的事，都是努力一點一點累積而成的

讓人寂寞的不是你不在身邊，而是感覺不到你的心在我身邊

不管是愛還是信任，都是有了一定程度的掌握後，才有辦法給予別人。
你必須愛自己，才能愛人；你必須相信自己，才能相信別人

寂寞也好，失望也好，覺得自己一無是處也好，
每一個走過的日子都是那樣耀眼、都有它的意義存在

你已經變成更好的人了

A BETTER YEAR ! ☺ ✧

我想告訴你...

　　也許生活中還是有許多的不順利，
　　也許你還是會遇到頻率不同的人，
　　也許世界不會變得更好，

　　　　可是你會。

　　你會找到適合自己的生活方式，
　　你會知道如何與自己的喜怒哀樂相處，
　　你會感受到更多平凡的幸福，和踏實的快樂。

　　　　　　　　　　　LuLu 2020/11

最後，謝謝

我的爸媽 Tom & Julia
我的貓咪 星期五
時報出版 巧油 & 菜刀 & 設計師馥萌
我的同事 Ellie, Mary, Christina, Sylvia, John, Ashley
我的隊友 Jimmy

以及!! 我的讀者 你 & 妳 ♡

作　　者／LuckyLuLu
主　　編／林巧涵
責任企劃／謝儀方
美術設計／白馥萌

第五編輯部總監／梁芳春
董事長／趙政岷
出版者／時報文化出版企業股份有限公司
108019 台北市和平西路三段 240 號 7 樓
發行專線／（02）2306-6842
讀者服務專線／ 0800-231-705、（02）2304-7103
讀者服務傳真／（02）2304-6858
郵撥／ 1934-4724 時報文化出版公司
信箱／ 10899 臺北華江橋郵局第 99 信箱
時報悅讀網／ www.readingtimes.com.tw
電子郵件信箱／ books@readingtimes.com.tw
法律顧問／理律法律事務所 陳長文律師、李念祖律師
印刷／和楹印刷有限公司
初版一刷／ 2020 年 12 月 11 日
初版二刷／ 2020 年 12 月 29 日
定價／新台幣 500 元

更好
的一年

時報文化出版公司成立於一九七五年，並於一九九九年股票上櫃公開發行，
於二〇〇八年脫離中時集團非屬旺中，以「尊重智慧與創意的文化事業」為信念。

更好的一年：無論陰晴圓缺，都是寶藏 /LuckyLuLu 作 . -- 初版 . --
臺北市：時報文化出版企業股份有限公司，2020.12
ISBN 978-957-13-8472-6(平裝)　863.55　109018577